D0888732

Nous remercions le ministère du Patrimoine canadien,
la SODEC et le Conseil des Arts du Canada
de l'aide accordée à notre programme de publication

Patrimoine canadien | Canadian Heritage

Conseil des Arts du Canada

Canada Council for the Arts

ainsi que le Gouvernement du Québec
– Programme de crédit d'impôt
pour l'édition de livres
– Gestion SODEC.

Illustration de la couverture
et illustrations intérieures:
Benoît Savard

Couverture:
Conception Grafikar

Édition électronique:
Infographie DN

Dépôt légal: 3e trimestre 2004
Bibliothèque nationale du Canada
Bibliothèque nationale du Québec

123456789 IML 0987654

ISBN 2-89051-909-0
11131

L'ENFANT DES GLACES

Données de catalogage avant publication (Canada)

Ouellet, Yves

L'enfant des glaces

(Collection Sésame ; 67)
Pour enfants de 6 à 8 ans.

ISBN 2-89051-909-0

I. Titre II. Collection : Collection Sésame ; 67.

PS8629.U34E53 2004 jC843'.6 C2004-941086-5
PS9629.U34E53 2004

Yves Ouellet

conte

**ÉDITIONS
PIERRE TISSEYRE**

5757, rue Cypihot, Saint-Laurent (Québec) H4S 1R3
Téléphone: (514) 334-2690 – Télécopieur: (514) 334-8395
Courriel: ed.tisseyre@erpi.com

La Nativité Éternitoise…

Sur les bords du Saguenay,
un enfant nous est né.
Ici même, à Rivière-Éternité,
l'espoir nous a été redonné.

1

UN VOYAGE EN PLEIN HIVER

Cette histoire s'est déroulée il y a déjà plusieurs années. Peut-être vers 1930 ou 1940 selon ce que raconte la sage-femme du village, Émilienne Bouchard, qui en a été témoin.

Mais, quand je dis « témoin »... Elle n'a pas assisté à tout ce qui s'est passé. Elle n'était pas là tout le temps. Elle n'a pas vu de ses yeux vu…! Comme on dirait aujourd'hui, elle a été « impliquée » dans toute cette aventure extraordinaire en tant que « témoin privilégié ».

Et comme madame Bouchard a toujours été une personne respectée autant qu'appréciée par l'ensemble de la population du petit village de Rivière-Éternité, comme elle est connue d'un bout à l'autre du grand royaume du Saguenay, il ne s'est pas encore trouvé qui que ce soit pour mettre sa parole en doute.

L'action se passe donc un 24 décembre. La glace était alors bien prise sur le fjord* du Saguenay, entre les immenses falaises abruptes. Ce fjord est habité par des

---

Les mots suivis d'un astérisque* sont expliqués dans un lexique à la fin du volume.

dizaines d'espèces de poissons de la mer et des lacs, par des grands requins et, qui sait, peut-être par des monstres inconnus ? Les baleines viennent s'y promener tous les étés, dont un groupe d'habituées... Des bélugas*, ces magnifiques baleines blanches vont et viennent dans le fjord au rythme des marées.

Comme cette histoire se déroule en hiver, le fjord du Saguenay était recouvert d'une glace épaisse qui montait et descendait de plusieurs mètres, deux fois par jour, avec les marées. Selon son habitude, le vent balayait puis malmenait la neige de toutes ses forces entre les grands caps, d'un bord à l'autre de la baie Éternité.

À cette époque-là, il n'y avait que quelques maisons de bois que les pionniers avaient érigées autour de la baie Éternité ; leurs familles y vivaient dans l'isolement le plus complet, dont celle d'Émilienne Bouchard.

On la demandait de partout pour mettre les petits enfants au monde. L'hiver, les gens venaient des autres villages, par les chemins de glace* tracés sur le Saguenay, pour la consulter.

Juste en face, sur l'autre berge du fjord, un jeune couple s'était installé temporairement dans une minuscule cabane donnant sur la baie Trinité, pour faire la chasse d'automne*. Il vivait sur une bande de terre étroite coincée entre la montagne infranchissable et l'eau qui s'éloignait à marée basse en dégageant une petite plage, et qui remontait pour venir frôler leur abri à marée haute. Joseph-Armand Tremblay, dit « Gros-Bras » parce qu'il était fort comme une bête de somme, devait s'en revenir à Rivière-Éternité pour la période du Nouvel An, mais les grands froids étaient survenus plus vite que d'habitude. La glace les avait pris de court, sa femme et lui, les obligeant à attendre que la banquise devienne parfaitement sécuritaire pour traverser sans danger.

Pas de risque à prendre, d'autant plus que sa femme, la belle Marie-Claire, portait leur premier enfant, qui devait naître avec la nouvelle année.

Mais soudainement, au petit matin de la veille de Noël, Marie-Claire commença à ressentir des douleurs, puis des élancements, puis à s'en plaindre, puis à s'inquiéter que leur bébé allait arriver plus rapidement que prévu.

Pas plus rassuré qu'il ne fallait, Joseph-Armand était aussi désemparé que n'importe quel homme dans des circonstances pareilles.

2

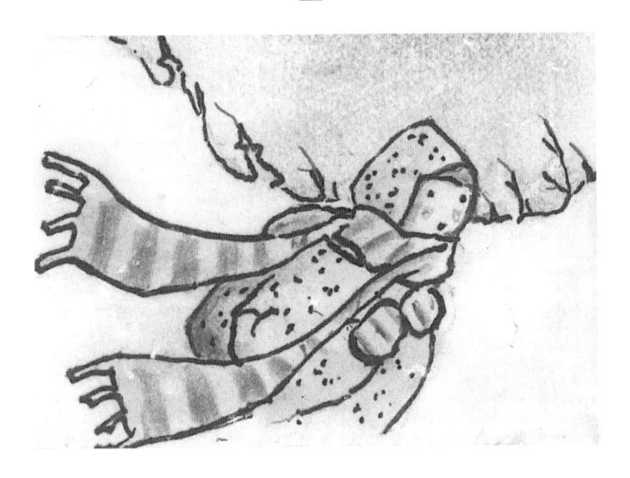

AU CŒUR DE LA TEMPÊTE

Avant qu'il soit trop tard, Joseph-Armand décida d'emmitoufler Marie-Claire dans toutes les couvertures de la maisonnée et de l'installer sur un long traîneau pour traverser jusque chez madame Bouchard.

Normalement, pour un jeune homme de la trempe de Joseph-Armand Tremblay, un déplacement comme celui-là était l'affaire de quelques heures, même en tirant un traîneau chargé. N'ayant ni chevaux ni chiens, Joseph-Armand transportait effectivement tout son matériel et ses provisions sur un traîneau auquel il s'attelait comme un animal de trait. Normalement, sa compagne marchait à ses côtés, mais il lui arrivait de monter sur le traîneau lorsqu'elle était fatiguée et son amoureux la faisait glisser en riant pour lui montrer sa force.

Mais là, les grands vents venaient de se déchaîner violemment. Le camp, la baie, la rivière étaient assiégés par le plus enveloppant des blizzards*. Tout n'était que blancheur intense et mouvante. On n'y voyait ni ciel, ni terre, ni glace, ni fjord. Le froid était devenu si mordant que l'affronter quelques heures lui faisait craindre le pire

pour elle, pour lui et pour l'enfant qui voulait arriver au monde.

Pas le choix! Il fallait quand même y aller! Une dernière prière avant de partir afin de confier leur destin au protecteur du firmament, puis Joseph-Armand et Marie-Claire prirent la route de Rivière-Éternité. Ils étaient alors tout à fait conscients de risquer leur vie dans cette entreprise dramatique, d'autant plus que de route, il n'y en avait aucune. Pas de traces. Pas d'horizon. Pas de haut. Pas de bas. Que de la neige mêlée aux bourrasques dans une blancheur absolue… effrayante!

3

LE MARCHAND

Deux heures après leur départ, alors qu'il se demandait s'ils avançaient vraiment, Joseph-Armand entendit tinter les clochettes d'une carriole.

« Je rêve ! J'ai des hallucinations ! » pensa-t-il.

Un superbe étalon noir apparut alors devant lui, comme sorti du vide. Il tirait une magnifique carriole chargée de boîtes enveloppées, de coffres colorés et de ballots de tissus dont les extrémités volaient au vent.

— Woh ! Joseph-Armand ! Tu tournes en rond ! lui cria celui qui menait cet équipage.

Malgré le froid intense, l'homme ne semblait pas souffrir d'inconfort dans son capot de fourrure* et avec son chapeau melon.

— Tu tournes en rond, Joseph-Armand ! Tu ne te rendras pas, si tu continues de même ! Regarde-moi bien si tu veux arriver à bon port. La baie Éternité est dans cette direction. Par là où je pointe mon bras. Va t'en bien droit de ce côté-là, sans jamais dévier, et tu vas arriver exactement où tu veux aller.

Puis, se retournant vers la femme de Joseph-Armand :

— Et toi, Marie-Claire, si tu as des problèmes, je te donne le vœu qui m'a été accordé par Notre-Dame-du-Saguenay après que j'ai rempli ma promesse de lui faire ériger une statue sur le cap Trinité. Elle m'a déjà sauvé la vie, quand je me suis retrouvé à l'eau en plein printemps. J'étais passé à travers les glaces du Saguenay, avec mon cheval et ma carriole. J'étais bien certain d'y laisser ma vie et de couler sous la banquise. Mais c'est grâce à elle si je m'en suis sorti vivant et si j'ai pu me relever de la longue maladie qui a suivi. Même mon cheval et mon buggy* ont été épargnés ! Ce qu'elle a fait pour moi, elle peut aussi le faire pour toi, de façon différente.

Si jamais ton mari ou toi craignez pour la vie de votre enfant, demande-lui son aide, ajouta l'homme, qui ressemblait à un commerçant chargé de cadeaux de Noël.

— C'est quoi, ton nom ? cria Joseph-Armand avant que la carriole disparaisse d'où elle était venue.

— C'est Charles... répondit le vent.

— Charles-Napoléon...

— ... Napoléon Robitaille...

Et le souffle du blizzard occupa à nouveau tout l'espace.

4

LE GRAND SAGAMO

Joseph-Armand reprit sa marche avec détermination, en regardant fixement dans la direction pointée par l'homme. Il avait l'impression de bien avancer lorsqu'il entendit Marie-Claire lancer un cri de douleur. Le travail était commencé et, avec lui, la souffrance.

Joseph-Armand s'agenouilla près de Marie-Claire pour la consoler et l'encourager.

C'est tout ce qu'il pouvait faire.

— Garde espoir, ma bien-aimée. Sois forte!

Mais au moment de reprendre son attelage, il n'avait plus aucune idée de la direction à prendre. Il était à nouveau complètement perdu dans la tempête. Il se sentait au milieu du néant.

À l'instant où la peur montait dans ses veines, une ombre prit forme devant lui.

« Ça y est cette fois, j'ai la berlue! » se dit Joseph-Armand.

Devant lui, se tenait un géant à la longue chevelure noire scintillante, habillé de peaux de bêtes et visiblement insensible aux meurtrissures du froid. De larges raquettes de babiche* aux pieds, il

s'approcha, radieux et imposant, puis tint calmement ce discours :

— Homme blanc, si tu continues ainsi, ta famille et toi périrez gelés de la pire des façons. Vous vous endormirez pour l'éternité avant que votre enfant goûte à la vie. Autrefois, les Montagnais ont secouru les premiers Blancs qui ont passé l'hiver à l'embouchure du Saguenay, là où la rivière qui marche rencontre le fleuve aux grandes eaux. Je veux t'aider, moi aussi. Laisse-moi t'orienter vers le bon chemin. Fixe ton regard obstinément devant toi et marche en droite ligne, tout en ne déviant jamais de cette route, jusqu'à la rive.

Quant à toi, Marie-Claire, qui porte l'enfant à naître, je te donne le vœu que m'a confié Notre-Dame-du-Saguenay pour avoir sculpté de mes mains le promontoire du cap

Trinité sur lequel elle trône maintenant. Ne l'utilise que pour sauver la vie de ton enfant.

— Dis-nous au moins ton nom! hurla Joseph-Armand à l'ombre qui s'évanouissait dans le néant tout blanc.

— Je suis le Grand Sagamo, répondit le vent.

— Le grand chef des Montagnais... Mayo!

Joseph-Armand se souvint alors de l'histoire extraordinaire que lui avait racontée son père alors qu'ils pêchaient la truite de mer au pied du cap Trinité.

« Mayo est le premier de tous les Amérindiens sur terre. Le tout premier grand Sagamo, chef des chefs et ancêtre de tous les Ilnus qui ont occupé après lui l'immense et giboyeux royaume du Saguenay. Mayo était grand. Plus grand encore que les immenses pins blancs qui poussaient sur les montagnes du Saguenay. Il y a de cela des milliers et des milliers de lunes, Mayo parcourait le Saguenay à bord de son gigantesque canot d'écorce. Les remparts du fjord semblaient petits et étroits quand ce géant passait devant la baie Éternité. Là où la rivière est la plus profonde, Mayo n'avait de l'eau que jusqu'à la taille. Il était aussi haut que le cap Trinité qui, à l'époque, s'élevait bien droit, massif et lisse, au-dessus des flots. Le temps de Mayo était un temps de paix. L'être suprême avait noyé dans le Saguenay tous les mauvais manitous qui menaçaient l'existence des premières nations.

« C'est du moins ce que Mayo croyait, jusqu'au jour où, tandis qu'il descendait lentement la rivière en pagayant au rythme des vagues,

il vit surgir de l'onde un démon qui, depuis fort longtemps, l'attendait patiemment, caché dans les profondeurs du Saguenay et préparant sa vengeance. Le monstre se rua sur lui dans le dessein de le tuer et de rétablir le pouvoir du mal. Il ressemblait à une immense morue dont la tête serait devenue totalement disproportionnée. Son allure était plus répugnante que celle du crapaud de mer. Sa force était, sans contredit, des plus impressionnantes. Un violent combat s'engagea entre le bon et le méchant, jusqu'à ce que Mayo saisisse la chimère* par la queue et la frappe de toute sa puissance contre la montagne. À trois reprises, la bête heurta le cap Trinité en faisant voler de lourds éclats de montagne et en mugissant plus bruyamment que tous les tambours du ciel. Le monstre fut surpris au premier coup, foudroyé au second et broyé au troisième.

« C'est ainsi que, depuis cet exploit, le cap Trinité a trois larges entailles qui sont nettement visibles quand on l'observe à partir de la mer. De plus, quand on scrute attentivement la falaise du regard, il peut arriver que le profil de l'Amérindien Mayo nous apparaisse avec son front tranchant, son nez prononcé et son menton avancé. L'esprit de Mayo s'est réfugié ici pour l'éternité afin de veiller à ce qu'aucun mauvais esprit n'ait envie de revenir hanter les Montagnais et les habitants du fjord. »

5

L'APPARITION MERVEILLEUSE

Joseph-Armand courba l'échine et reprit sa progression en halant le traîneau, fixant le lointain sans tourner la tête ni bouger ses yeux, qui s'emplissaient de frimas. Son chemin était encombré de gros blocs de glace soulevés par le mouvement de la banquise. Il devait les contourner sans dévier du trajet virtuel qu'il avait tracé dans sa tête. Il n'osait même plus battre des paupières de crainte de perdre sa route.

Puis soudain, sous ses pas, il entendit un grondement terrible, comme un coup de canon sorti des entrailles du fjord. Un mouvement brusque de la banquise le déséquilibra. La glace se rompait sous le poids du traîneau. Une faille s'ouvrait devant lui et s'élargissait à la vitesse de l'éclair.

Avec toute l'énergie subite de la panique, Joseph-Armand tira violemment son attelage pour enjamber la faille. Sa compagne faillit être éjectée du traîneau déséquilibré, qui glissa dangereusement vers la fissure. Il manquèrent de peu d'être emportés tous les deux. L'arrière des patins effleura l'eau glaciale,

qui atteignait une profondeur inconcevable à cet endroit. Mais Joseph-Armand réussit à faire glisser le traîneau sur la glace solide et à repousser à temps ce nouveau danger.

Toutefois, quand arriva le temps de reprendre le collier, il n'avait plus aucune idée de la direction à prendre. Dépourvu de repères, il se trouvait encore une fois totalement égaré, au milieu de nulle part.

Désespéré, il s'affaissa sur la croûte de neige durcie, aux côtés de Marie-Claire que la douleur et la frayeur affligeaient de plus en plus.

Levant les yeux dans la tourmente vers ce qu'ils croyaient être le ciel, Joseph-Armand et Marie-Claire distinguèrent alors une lueur derrière le voile de neige. Une lumière qui se transforma en percée dans l'horizon opaque et incolore.

Sur son piédestal de granit, elle était là : Notre-Dame-du-Saguenay.

Enveloppée d'une aura éblouissante, elle se détachait distinctement du mauvais temps dans, l'aube naissante. Elle ne bougeait pas, mais sa voix se fit entendre dans leurs têtes :

— Mes enfants, j'ai peine à vous voir ainsi dans la misère à l'heure de donner la vie. Votre douleur est la mienne. Je partage votre abat-

tement. En cette veille de Noël, je veux que, vous aussi, vous trouviez un refuge, si modeste et si inconfortable soit-il, comme cela me fut donné jadis. Et si quelque menace pèse encore sur vous, je vous assure de mon secours pour que vive votre enfant. Lorsque vous serez à bout de ressources, vous pourrez faire appel à moi et je vous enverrai de l'aide.

6

UN ENFANT NOUS EST NÉ

À la seconde même où l'image de Notre-Dame-du-Saguenay disparaissait, le blizzard s'ouvrit tel un rideau vaporeux pour laisser apparaître un immense rocher accroché à la falaise, qui formait comme un toit de pierre. Ils avaient enfin atteint l'autre rive du fjord en rejoignant la baie immense de Rivière-Éternité. La rafale avait élevé des murs blancs sur les côtés du rocher et formé, sous cet abri naturel, un refuge coupé du vent. Le jeune couple allait enfin pouvoir s'arrêter pour refaire ses forces et reprendre son courage.

Mais l'enfant à naître n'avait plus la patience d'attendre et ce fut au milieu de cet environnement terriblement inhospitalier qu'il fit son entrée dans le monde. Enroulé dans les couvertures, lové contre le corps chaud de sa mère délivrée, le garçon poussa un premier cri, qui transperça la froidure ; le vent fit silence pour mieux l'écouter.

Une telle situation ne pouvait s'éterniser sans compromettre les vies de la mère et de l'enfant. Marie-

Claire et Joseph-Armand étaient au bord de l'épuisement. Leurs visages montraient les taches diaphanes que donne la mort blanche causée par le froid.

La jeune mère se mit alors à prier de tout son cœur:

— Notre-Dame-du-Saguenay, s'il vous plaît, secourez-nous comme vous nous l'avez promis. Entendez notre détresse et réchauffez nos corps ainsi que celui de notre enfant pour raviver en nous la flamme de la vie.

Alors que tout semblait perdu, des craquements de branchages ainsi que des grognements inquiétants leur parvinrent de la forêt voisine. À l'entrée du refuge improvisé, apparut la longue tête du roi des bois. Celle d'un orignal au panache si large qu'il se frottait aux parois de l'abri. La bête lumineuse se coucha maladroitement tout près des parents et de l'enfant en laissant échapper quelques mugissements peu rassurants. Afin de ne pas impressionner les humains, elle évitait de les regarder directement.

Entre ses pattes, contre sa fourrure épaisse et rugueuse qui laissait échapper une fine vapeur dans le froid saisissant, l'homme, la femme et le nouveau-né vinrent se recroqueviller, profitant ainsi de la chaleur salutaire de l'animal. Celui-ci, de son souffle puissant, réchauffa le nourrisson. Entre l'orignal et la petite famille, il y eut un instant de profonde symbiose. Une harmonie magique durant laquelle on entendait battre la vie au milieu de l'hiver cruel.

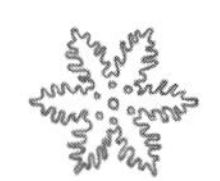

7

LE DON DE L'OURSE

Le petit être venu au monde, bien loin de se douter de tout ce qui se passait, ne pouvait évidemment survivre sans nourriture. Sa pauvre mère, dans un état d'extrême faiblesse, était malheureusement incapable de subvenir à ses besoins.

À bout de forces, Joseph-Armand et Marie-Claire décidèrent d'avoir une deuxième fois recours à l'aide de celle qui protégeait la rivière ainsi que les hommes et les femmes qui vivaient sur ses rives.

« Par pitié... Notre-Dame-du-Saguenay... Venez à nouveau à notre rescousse et permettez à notre enfant de se nourrir afin qu'il puisse survivre ».

C'est alors que d'autres grognements résonnèrent jusqu'au fond de l'abri de pierre et de neige. En effet, tout près de là, au pied de la falaise, une maman ourse qui venait elle-même d'avoir trois petits oursons dans le silence de sa tanière, fut réveillée par les pleurs de l'enfant.

— Toi que les Montagnais respectent tant, lui avait chuchoté la voix de Notre-Dame, quitte ton sommeil hivernal pour quelques

instants et va nourrir cet enfant qui a besoin de ton lait maternel.

Tout en maugréant, c'est ce que fit l'ourse noire. Sortant de la tanière voisine, elle alla retrouver la petite famille en difficulté et se mit à allaiter l'enfant nouveau-né, dont on put entendre les premiers gazouillements. Malgré son étonnement et sa crainte devant la bête sauvage, Marie-Claire ressentit le profond sentiment maternel de l'ourse ; leurs regards se croisèrent avec une sorte de tendresse étrange pendant que le petit connaissait son premier bonheur.

8

LE VOL DU HARFANG

Maintenant que l'enfant était nourri et réchauffé, que ses parents avaient récupéré un peu d'énergie, il fallait absolument remédier à cette situation intolérable.

Ils devaient à tout prix gagner la maison de madame Bouchard de l'autre côté de la baie Éternité, avant que la nuit devienne leur linceul.

Mais le blizzard faisait toujours rage et il suffisait d'avancer de quelques pas dans la tempête pour s'y perdre définitivement.

En désespoir de cause, ne voyant rien qui puisse les sortir de cette impasse, Marie-Claire songea au premier vœu, celui que Charles-Napoléon Robitaille lui avait donné, et elle s'adressa une dernière fois à Notre-Dame-du-Saguenay.

« Vierge Marie, pleine de grâces, vous qui, mieux que quiconque, comprenez notre accablement, guidez-nous jusqu'au refuge où nous serons rescapés.

« Conduisez-nous jusque chez madame Bouchard, qui saura ce qu'il faut faire pour l'enfant et pour nous. Sauvez-nous ! »

Et comme Marie-Claire baissait la tête vers son petit qui dormait paisiblement malgré les éléments déchaînés, un drôle de son répétitif perça en douceur les lamentations du vent.

C'était le battement des larges ailes d'un harfang des neiges* qui fendait l'air péniblement pour voler vers les naufragés de l'hiver.

Le majestueux oiseau immaculé se posa sur une souche qui pointait au-dessus du couvert neigeux.

Tout en poussant son cri aigu et en hochant la tête sans arrêt en direction de la baie, le harfang insista pour les escorter au milieu des rafales qui frappaient les parois du cap Trinité.

« Par iciiiiiiiii… Par iciiiiiiii… » sifflait-il d'un ton strident.

Comprenant le message, Joseph-Armand, Marie-Claire et leur fils quittèrent leur refuge pour suivre l'envol du rapace blanc que les pires tourmentes ne décourageaient pas. Comme par miracle, l'oiseau demeurait parfaitement visible dans cet environnement dénué de toute couleur. Une lueur semblait émaner de ses plumes et on aurait dit qu'un tunnel s'ouvrait entre les rafales au battement de ses ailes.

Sur la neige folle, les pas de Joseph-Armand et le traîneau sur lequel Marie-Claire avait repris place portaient comme sur la terre ferme.

Sur la glace vive de la baie Éternité, chaque enjambée de Joseph-Armand avait l'amplitude de dix pas.

Dans le sillon du harfang des neiges, ni le froid intense, ni la nuit, ni la bourrasque n'affligeaient le jeune couple et son petit.

Si bien qu'en peu de temps, ils aperçurent la lumière fusant des fenêtres d'Émilienne Bouchard, sur la rive opposée de la baie.

En s'approchant, ils entendirent l'écho du violon qui retentissait joyeusement à l'intérieur.

Tout près, ils sentirent la fumée du poêle à bois qui s'échappait de la cheminée.

Enfin rendus, ils s'effondrèrent sur le pas de la porte, au terme de leur épreuve, au seuil de leur délivrance.

9

LA CRÈCHE DE NOËL

De retour depuis peu du village où s'était déroulée la traditionnelle messe de minuit, les Bouchard s'apprêtaient à réveillonner avec la famille et le voisinage lorsque les Tremblay frappèrent à leur porte, complètement épuisés, à la surprise générale.

En moins de temps qu'il n'en faut pour raconter les péripéties de leur voyage, Marie-Claire et Joseph-Armand furent réconfortés, soignés et réchauffés.

Quant au nouveau-né, il dormait à poings fermés près de l'âtre, dans le seul berceau qu'on avait trouvé pour lui : un panier d'osier rempli de paille où l'on avait déposé, peu de temps auparavant, un Jésus de cire emmailloté. Et, chose curieuse, comme on le fait ici à Rivière-Éternité, au lieu des statuettes de l'âne et du bœuf, il y avait près de lui un orignal et une ourse noire. Et au lieu de l'étoile brillante des bergers, un magnifique oiseau blanc, perché sur une branche de bouleau. Et l'enfant, lui, dormait comme… un bébé !

La mère reposait non loin, sous les épaisses courtepointes des artisanes.

La bonne soupe chaude à la gourgane et l'imposante tourtière au gibier de madame Bouchard achevèrent de réconforter les Tremblay qui, malgré leur épuisement, vivaient le Noël le plus extraordinaire de leur existence.

C'est depuis ce temps-là qu'une crèche s'illumine devant chaque maison de Rivière-Éternité, toutes les fois que revient le mois de décembre, afin d'évoquer cette nuit où un enfant nous a été donné dans la tourmente de l'hiver du fjord.

Peut-on rêver plus beau cadeau, en cette occasion, que l'enfant du Saguenay qui vit le jour au fond d'une crèche enneigée ?

Il est le chérubin des pionniers et le fruit de leur courage sans borne.

Il est le protégé du Saguenay et de sa Dame.

Au lieu de l'or, de la myrrhe et de l'encens, il a reçu en partage la nature fabuleuse, le fjord grandiose et les animaux qui l'habitent.

Avec eux, il devra vivre en harmonie pour assurer à ses propres descendants un avenir heureux.

Son pays aura pour nom Saguenay, à l'image de la rivière qui le traverse.

Sa terre aura pour nom Éternité... Et lui... nous l'appellerons Jésus !

Lexique

Béluga : Petite baleine à dents de quatre à six mètres de longueur, caractérisée par sa blancheur immaculée et son cou articulé. On trouve quelques centaines de bélugas dans le fleuve Saint-Laurent et dans le fjord du Saguenay ainsi que dans certaines régions du Grand Nord. La population de bélugas du Saint-Laurent fait partie des espèces menacées de disparition, mais il semble que la situation s'améliore.

Blizzard : Puissante tempête hivernale pendant laquelle les vents soulèvent et transportent tellement de neige que tout devient complètement blanc, et la visibilité, nulle.

Buggy : Terme populaire désignant une carriole.

Capot de fourrure : Gros manteau de fourrure traditionnel, habituellement fait de lynx, qu'on appelait le « chat sauvage ». Ce long vêtement était souvent fermé avec une large ceinture colorée aux motifs fléchés.

Chasse d'automne : Avant l'arrivée de l'hiver, les pionniers devaient accumuler des provisions de nourriture. Ils profitaient alors de la période de migration des canards, des bernaches et des oies pour les chasser et faire des réserves. En forêt, on chassait principalement l'orignal.

Chemin de glace : Comme il n'y avait pas de routes terrestres au début de la colonisation du Saguenay, les gens entretenaient des chemins sur les glaces de la rivière en hiver, pour y voyager plus facilement à cheval et en carriole.

Chimère : Animal fabuleux présent dans certaines mythologies.

Fjord : Un fjord, pour ceux et celles qui n'en auraient jamais vu, c'est une rivière. Une rivière pas comme les autres, disons. Une rivière complexe, puisqu'elle est reliée à la mer. Il y coule de l'eau salée et de l'eau douce, l'une par-dessus l'autre, sans qu'elles se mélangent ! Et ça s'aggrave encore car il s'agit d'un cours d'eau qui s'est engouffré dans une profonde cassure de la croûte terrestre, creusée par les glaciers, il y a des milliers d'années de ça.

On trouve plusieurs fjords en Europe, dans les régions nordiques de la Scandinavie, ainsi que sur les côtes du Labrador ou de Terre-Neuve. Mais celui du Saguenay demeure unique parce qu'il est vraiment grand, vraiment long, vraiment creux et vraiment beau ! Aussi parce qu'il est tout seul, au beau milieu du Québec, loin de tous les autres fjords. On dit que, si on veut connaître sa profondeur à un endroit ou à un autre, on n'a qu'à regarder la hauteur de ses escarpements, qui s'élèvent comme des murailles bien droites. À certains endroits, comme au cap Trinité et au cap Éternité où se déroule cette histoire, la montagne est aussi haute qu'un gratte-ciel et la rivière, tout aussi profonde.

Harfang des neiges : Grand oiseau rapace tout blanc qui vit dans les régions nordiques et qui est l'emblème aviaire du Québec.

Myrrhe : Substance aromatique extraite du balsamier.

Raquettes de babiche : Grandes raquettes faites de tendons d'orignaux tressés.

TABLE DES MATIÈRES

Yves Ouellet

L'auteur et journaliste Yves Ouellet, qui a écrit plusieurs ouvrages documentaires et de nombreux reportages sur le Saguenay, signe ici son premier livre pour la jeunesse. Il a transposé la merveilleuse histoire de la Nativité dans le contexte naturel extraordinaire de son coin de pays. Les habitants de Rivière-Éternité, un petit village du Saguenay, qui célèbrent chaque année la naissance de Jésus de façon exceptionnelle, en y intégrant leur environnement, leur fjord, leur hiver et leur histoire, ont adopté cette belle histoire originale. Le peintre Benoît Savard a mis toute sa sensibilité et son amour au service de ce conte magnifique.

Collection Sésame

1. **L'idée de Saugrenue**
Carmen Marois
2. **La chasse aux bigorneaux**
Philippe Tisseyre
3. **Mes parents sont des monstres**
Susanne Julien (palmarès de la Livromagie 1998/1999)
4. **Le cœur en compote**
Gaétan Chagnon
5. **Les trois petits sagouins**
Angèle Delaunois
6. **Le Pays des noms à coucher dehors**
Francine Allard
7. **Grand-père est un ogre**
Susanne Julien
8. **Voulez-vous m'épouser, mademoiselle Lemay ?**
Yanik Comeau
9. **Dans les filets de Cupidon**
Marie-Andrée Boucher Mativat
10. **Le grand sauvetage**
Claire Daignault
11. **La bulle baladeuse**
Henriette Major
12. **Kaskabulles de Noël**
Louise-Michelle Sauriol
13. **Opération Papillon**
Jean-Pierre Guillet
14. **Le sourire de La Joconde**
Marie-Andrée Boucher Mativat
15. **Une Charlotte en papillote**
Hélène Grégoire (prix Cécile Gagnon 1999)
16. **Junior Poucet**
Angèle Delaunois
17. **Où sont mes parents ?**
Alain M. Bergeron
18. **Pince-Nez, le crabe en conserve**
François Barcelo
19. **Adieu, mamie !**
Raymonde Lamothe
20. **Grand-mère est une sorcière**
Susanne Julien
21. **Un cadeau empoisonné**
Marie-Andrée Boucher Mativat
22. **Le monstre du lac Champlain**
Jean-Pierre Guillet

23. **Tibère et Trouscaillon**
Laurent Chabin

24. **Une araignée au plafond**
Louise-Michelle Sauriol

25. **Coco**
Alain M. Bergeron

26. **Rocket Junior**
Pierre Roy

27. **Qui a volé les œufs ?**
Paul-Claude Delisle

28. **Vélofile et petites sirènes**
Nilma Saint-Gelais

29. **Le mystère des nuits blanches**
Andrée-Anne Gratton

30. **Le magicien ensorcelé**
Christine Bonenfant

31. **Terreur, le Cheval Merveilleux**
Martine Quentric-Séguy

32. **Chanel et Pacifique**
Dominique Giroux

33. **Mon oncle Dictionnaire**
Jean Béland

34. **Le fantôme du lac Vert**
Martine Valade

35. **Niouk, le petit loup**
Angèle Delaunois

36. **Les visiteurs des ténèbres**
Jean-Pierre Guillet

37. **Simon et Violette**
Andrée-Anne Gratton

38. **Sonate pour un violon**
Diane Groulx

39. **L'affaire Dafi**
Carole Muloin

40. **La soupe aux vers de terre**
Josée Corriveau

41. **Mes cousins sont des lutins**
Susanne Julien

42. **Espèce de Coco**
Alain M. Bergeron

43. **La fille du roi Janvier**
Cécile Gagnon

44. **Petits bonheurs**
Alain Raimbault

45. **Le voyage en Afrique de Chafouin**
Carl Dubé

46. **D'où viennent les livres ?**
Raymonde Painchaud

47. **Mon père est un vampire**
Susanne Julien

48. **Le chat de Windigo**
Marie-Andrée Boucher Mativat

49. **Jérémie et le vent du large**
Louise-Michelle Sauriol

50. **Le chat qui mangeait des ombres**
Christine Bonenfant

51. **Le secret de Simon**
Andrée-Anne Gratton

52. **Super Coco**
Alain M. Bergeron

53. **L'île aux loups**
Alain Raimbault

54. **La foire aux bêtises**
Marie-Élaine Mineau

55. **Yasmina et le petit coq**
Sylviane Dauchelle

56. **Villeneuve contre Villeneuve**
Pierre Roy

57. **Arrête deux minutes!**
Geneviève Piché

58. **Pas le hockey! Le hoquet. OK?**
Raymonde Painchaud

59. **Chafouin sur l'île aux brumes**
Carl Dubé

60. **Un espion dans la maison**
Andrée-Anne Gratton

61. **Coco et le docteur Flaminco**
Alain M. Bergeron

62. **Le gâteau gobe-chagrin**
Maryse Dubuc

63. **Simon, l'as du ballon**
Andrée-Anne Gratton

64. **Lettres de décembre 44**
Alain M. Bergeron

65. **Ma tante est une fée**
Susanne Julien

66. **Un jour merveilleux**
Alain Raimbault

67. **L'enfant des glaces**
Yves Ouellet

68. **Les saisons d'Émilie**
Diane Bergeron